AF121897

Der Weg zur Körpersprache

Kommen Sie in den Sinn

Translated to German from the English version of
The Body Language Trail

Jude D'Souza

Ukiyoto Publishing

Alle globalen Veröffentlichungsrechte liegen bei

Ukiyoto Publishing

Veröffentlicht im Jahr 2023

Inhalt Copyright © Jude D'Souza

ISBN 9789360163785

Alle Rechte vorbehalten.
Kein Teil dieser Veröffentlichung darf ohne vorherige Genehmigung des Herausgebers in irgendeiner Form auf elektronischem, mechanischem, Fotokopier-, Aufnahme- oder anderem Wege reproduziert, übertragen oder in einem Abrufsystem gespeichert werden.

Die Urheberpersönlichkeitsrechte des Urhebers wurden geltend gemacht.

Dieses Buch wird unter der Bedingung verkauft, dass es ohne vorherige Zustimmung des Verlegers in keiner anderen Form als der, in der es veröffentlicht wird, verliehen, weiterverkauft, vermietet oder anderweitig in Umlauf gebracht wird.

www.ukiyoto.com

Widmung

Dieses Buch ist meiner himmlischen jungfräulichen Mutter gewidmet, die mich in all den Jahren in meiner Karriere überragend gemacht hat. Sie arbeitete eifrig und unermüdlich daran, solche Bücher zu den Lesern zu bringen. Ihr ist es zu verdanken, dass ich eine gute Autorin, Schriftstellerin und vieles mehr bin. Alles Lob gebührt ihr.

Danksagung

Vielen Dank an die Menschen, die ich im Leben getroffen habe, für die Bereicherung meiner Wissensbasis über die in diesem Buch erwähnten nonverbalen Hinweise. Jedes Stück davon war von Gott bestimmt und alle sind wertvoll in meinem Leben. Ich unterhalte mich mit jedem dieser kostbaren Menschen, die in meinem Leben eine solche intellektuelle Nahrung hervorgebracht haben und dies auch heute noch tun. Gott segne dich.

Inhalt

Einleitung	1
Umfang dieses Buches	3
Händedruck	5
Schnüffeln	11
Mit den Füßen spielen	18
Der perfektionistische Touch	23
Die Horizontsuche	26
Zeichen von Ärgerausdruck	31
Angstauslösender Cue	33
Das Zeichen von Intelligenzausdruck	36
Gefühllosigkeit-ausstellender Cue	38
Angst ausstellender Hinweis	40
Epilog	41
Über den Autor	*43*

Einleitung

Menschen sind ziemlich komplex zu verstehen. Man kann sie kennen, indem man schon seit einer ganzen Reihe von Jahren in der Nähe ist, da wir unsere besten Freunde oder Familie oder Bekannte kennen. Aber es ist möglich, Menschen auf andere Weise sehr schnell kennenzulernen, wenn man auf ihre Körpersprache und Manierismen achtet. Dies sind oft wahrheitsgemäße Zeichen dafür, was im Kopf einer Person vor sich geht, die keine Lügen erzählen.

Solche wahrheitsgemäßen Zeichen werden von Psychiatern und Psychologen verwendet, um Menschen zu bewerten oder zu behandeln. Außerdem neigen einige Ermittlungsbehörden oder Strafverfolgungsbehörden dazu, nach diesen zu suchen, um einen Verdächtigen zu beurteilen, und sogar Richter können sie in Zeugen suchen, um zu einem Urteil zu gelangen. Aber das Urteil hängt von den vorgelegten Beweisen ab und nicht von dieser Einschätzung.

Dies könnte auch von Verkäufern genutzt werden, um ihre Produkte an potenzielle Kunden zu verkaufen. Aber die Bewertung erfordert ziemlich viel Geschick und einige Außenseiter in diesem Beruf können leicht den Weg an die Spitze der Unternehmensleiter finden, indem sie sich damit auskennen.

Die Möglichkeiten sind grenzenlos und man kann sich den Einsatzbereich nur vorstellen. Ich habe einige der wichtigsten aufgelistet und jedes Kapitel ist jedem der Hinweise gewidmet, die die Denkweise einer Person oder das, was in ihrem Kopf vor sich geht, messen können.

All dies habe ich durch die Beobachtung von Menschen für ein paar Jahre gelernt und mir diese Fähigkeiten nacheinander angeeignet. Erfahrung ist der beste Lehrer, wie sie sagen. Und Intellektuelle haben diese Fähigkeit in sich, von Natur aus zu lernen, ohne sich zu bemühen, tief in Bücher oder andere Lernressourcen einzudringen.

Auch als ich herausfand, dass es einen Mangel an diesen Körpersprachbüchern gibt, die sich mit vielen nonverbalen Hinweisen befassen, die mir aus meiner eigenen Erfahrung bekannt sind, dachte ich, warum nicht etwas Wissen aus meiner eigenen schriftlichen Arbeit verbreiten. Wissen sollte geteilt werden und da es ein Geschenk ist, sollte es jedem in seinem Bücherregal zur Verfügung gestellt werden.

Umfang dieses Buches

Ein altes Sprichwort lautet: "Gesicht ist der Index des Geistes". Getreu diesem Sprichwort zeigt das Gesicht alles, was im Kopf eines Individuums ist. Es kann von einer einfachen Sache wie einem Lächeln bis hin zu viel komplexeren Dingen reichen, die die Persona offenbaren. Das Beste daran ist, dass diese Dinge niemals von der betroffenen Person versteckt oder manipuliert werden können und einem guten Betrachter in aller Öffentlichkeit offenbart werden.

Wenn wir über nonverbale Hinweise oder die Körpersprache einer Person sprechen, ist die Gesamtsumme die Information, die sie durch bewusste oder unbewusste Körperbewegungen, Mimik und Gesten vermittelt.

Der Studienbereich, in dem diese Aspekte behandelt werden, wird als *Kinesik bezeichnet*. Es ist ein Begriff, der vom amerikanischen Anthropologen Ray Birdwhistell geprägt wurde.

Psychiater beschäftigen sich ständig mit solchen nonverbalen Hinweisen. Sie suchen diese bei ihren täglichen Patienten, um sie gründlich zu messen, und haben eine lange Checkliste, um ihre geistige Gesundheit zu messen. Sie verlassen sich stärker auf Gesichtsgesten wie die Verengung oder den Zustand der Augen, die Position des Mundes im Gesicht, die Stirnrunzeln und mehr. Diese können Emotionen und tiefere Einblicke in den Geist einer Person offenbaren.

Lügen, Wut, Angst, Schüchternheit, Extrovertiertheit, Unschuld, intellektuelle Fähigkeiten und vieles mehr können durch diese Gesichtsgesten enthüllt werden. Diese Profis haben eine Menge Tricks in ihrem Arsenal, um einen aufschlussreichen Blick auf eine Person zu werfen. Angeblich stellen sie einige Fragen, um eine Antwort durch nonverbale Hinweise zu erhalten.

Dieses Buch ist keine Arbeit, um tief in diese komplexen nonverbalen Hinweise als Gesichtsgesten einzutauchen. Diese können ziemlich komplex werden und erfordern viel Erfahrung, um den Geist oder die Absicht einer Person zu beherrschen und einen Einblick zu erhalten.

Noch wichtiger ist, dass diese Arbeit dem einfachen Mann mit leicht verständlichen und nachvollziehbaren nonverbalen Hinweisen helfen soll, damit er mit den Herausforderungen, die sich in der rauen Welt draußen stellen, Schritt halten kann - einen Schritt voraus.

Zusammenfassend ist dies auch kein zierliches Zeug, das in die Vitrine gehört, sondern praktische Informationen zu verwenden. So wie ich es in meinem eigenen Leben verwendet habe, ziehe ich hier auch Beispiele daraus, damit es für den ansonsten verletzlichen gewöhnlichen Menschen angesichts der Dämonen des Lebens von Vorteil sein kann.

Referenzen

www.thehansindia.com/hans/young-hans/face-is-the-index-of-mind--525232

Händedruck

Diese Art von nonverbalem Hinweis ist die offensichtlichste Form, den Geist der Person kennenzulernen, und jeder ist damit vertraut. Eine Person mit einem Händedruck zu begrüßen, ist die übliche Norm. Es kann demjenigen, der bereit ist zu beobachten, viel über die Person erzählen.

Kalte Hände

Wenn eine Person zum Beispiel kalte Hände hat und du es fühlst, während du ihr die Hände schüttelst, kann das bedeuten, dass sie nervös ist. Mein Vater wurde zu einem Seminar im Bischofshaus in meiner Heimatstadt eingeladen, um über die laufenden Aktivitäten in seiner Pfarrei zu sprechen. Dies geschah, weil er in der Grundschule, am Gymnasium und auch voruniversitären Schülern seiner betroffenen Pfarrei Katechismus unterrichtete.

Diese Gelegenheit war golden, da er aus einer Vielzahl von Pfarreien in und um unsere Gegend ausgewählt wurde.

Er wollte gerade zum Podium gehen, um einen Vortrag zu halten, und er sah ein bekanntes Gesicht in der Menge - eine Nonne, die anwesend war - und sie begrüßte ihn, ohne dass er sie eine ganze Weile kannte. Er streckte seine Hand zu ihr aus, um ihr die Hand zu schütteln. Ähnlich antwortete sie und wies ihn darauf hin, dass seine Hand kalt sei.

Sie konnte nicht verstehen, was in seinem Kopf vor sich ging. Aber mein Vater offenbarte mir nach diesem Vorfall - als er nach Hause kam -, dass er nervös war, weil er im Begriff war, vor einer großen Anzahl geweihter Menschen zu sprechen, die eine von Gott bestimmte Autorität über unsere Seelen haben. Dies ist durchaus zu erwarten, da sich diese Leute nicht ganz freundlich mit uns vermischen.

Solch ein leichter Fall von Nervosität und ein Hauch von Lampenfieber wurde durch die kalten Hände meines Vaters dieser

Nonne offenbart. Obwohl mein Vater während der Zeit keine Bühnenangst hatte, aber wie gesagt, es war mild.

Medizinisch können kalte Hände auf diese Weise verstanden werden. Der Körper löst eine Kampf- oder Flucht-Situationsreaktion aus. Diese Reaktion wird normalerweise ausgelöst, wenn wir einem Raubtier oder einer Gefahr gegenüberstehen, die im Begriff ist, anzugreifen. Adrenalin wird erzeugt und das Herz entzieht dem Organ des Körpers, das am anfälligsten ist oder sich in der Angriffslinie befindet, Blut. Unnötig zu sagen, hier ist es die Hand. Dadurch wird die Hand kühler.

Dies konnte an den Toten bemerkt werden. Es ist kein Blut in ihrem Körper. Daher ist es sehr kalt.

In der obigen Situation eines leichten Falles von Lampenfieber bei meinem Vater ist das Raubtier unsichtbar. Der Grund dafür ist, dass der Geist verwirrt ist, wo sich das Raubtier befindet, und der Körper bereitet sich immer noch darauf vor, sich dem Angriff des Raubtiers zu stellen. Dies führt dazu, dass sich die Nervosität mit Angst vermischt.

Raue Handfläche

Beim Händeschütteln, wenn festgestellt wird, dass die Handflächen der Person eine harte/raue Textur haben, kann dies eine Menge bedeuten. Genauer gesagt kann die raue Textur der Handfläche darauf hinweisen, dass die Person viel harte Arbeit oder körperliche Arbeit verrichtet.

Solche körperliche Arbeit kann eine Person bedeuten, die ein Mechaniker ist; Arbeiten in einer Abteilung für Bearbeitungswerkzeuge; Umgang mit Hartmetallteilen; Gießerei; Schmieden oder sogar Graben und andere Bauarbeiten wie Stangenbiegen. Man kann nur spekulieren.

Ich hatte seit Schulzeiten einen Freund. Er hatte leicht raue Hände, wie ich mich erinnern kann, da wir während der Schule und nach Feierabend gespielt haben. Die Person hatte einen ziemlich stählernen Rahmen und war eine entschlossene, kluge Person, die in einem harten Umfeld und auf die harte Tour erzogen wurde. Allmählich beendete er sein voruniversitäres Studium und suchte nach Jobs, um seinen Lebensunterhalt zu verdienen.

Ich traf ihn nach langer Zeit und ziemlich langer Zeit, seit er einen Job in der Stadt antrat, konnte ich beim Händeschütteln spüren, dass seine Handflächen sehr rau waren. Auf Nachfrage vermutete er, dass es offensichtlich war, da er in der Werkzeugabteilung arbeitete und von Beruf Maschinenbauingenieur war.

Er handhabte und beherrschte die Herstellung von Stahlprodukten. Es gab auch den Eindruck, außen hart zu sein - ein sehr wichtiges Merkmal von "Männlichkeit" und einer erfahrenen Person, nehme ich an. Die Person wurde hart erzogen.

Im Nachhinein hatte ich seit meiner Schulzeit sehr weiche Hände. Meine Freunde haben mich die ganze Zeit gefragt, wie es kommt, dass ich sehr weiche Hände habe. Es ist wahr, dass ich auch jetzt noch nicht an harte körperliche Arbeit gewöhnt bin. Aber ich bin mental sehr stark und habe in meinem Leben herausfordernde oder schwierige Situationen durchgemacht.

Um die Dinge ins rechte Licht zu rücken, bedeutet raue Handflächen nicht, dass die Person auf die harte Tour gebracht wird oder viele schwierige Situationen im Leben gesehen hat. Aber es bedeutet nur, dass sie harte körperliche Arbeit durchgemacht haben. Geistig und psychisch stark zu sein, ist ein ganz anderer Aspekt. Man sollte sich nicht irreführen lassen. Dieser nonverbale Hinweis kann oberflächlich sein und man muss tiefer graben.

Auch Ärzte haben sehr raue Handflächen, da sie ihre Hände ständig mit Seife oder alkoholhaltigen Desinfektionsmitteln desinfizieren müssen, um die Möglichkeit von Keimen abzuwehren. Denn sie beschäftigen sich ständig mit Krankheiten und Keimen, die häufig dem Risiko ausgesetzt sind. Selbst die Operationen, die sie durchführen, können verpfuscht werden, wenn sie sich nicht selbst desinfizieren und die Umgebung steril halten. Es ist eine bekannte Tatsache.

Irreführende Hinweise

Raue Palmen sind auch während der Wintersaison bei Menschen zu finden. Diese werden als rissige Winterhände bezeichnet, die durch wilde Winde, feuchten kalten Regen oder Schnee und trockene

Innenhitze verursacht werden. Das kalte, nasse Wetter kann die Schutzbarriere der Haut abbauen, um sich zu verteidigen.

Der beste Weg, um nicht von solch rissigen Händen in die Irre geführt zu werden, um eine körperlich hart erzogene Persönlichkeit zu glauben, ist der Blick auf die Handfläche der Person. Auf der Haut bildet sich eine weiße, schuppige Formation.

Ein weiterer ziemlich irreführender Hinweis könnte sein, dass die Person ein Keimbildner ist und es gewohnt ist, sich die Hände zu waschen und sie ständig zu desinfizieren, wodurch seine Handflächen rau werden. Wie bereits erwähnt, gibt es eine Vielzahl anderer Möglichkeiten und Hauterkrankungen wie Ekzeme oder Psoriasis. Eine gute Menge an Erfahrung ist erforderlich, um den gründlich gezüchteten Charakter der Person oder andere Hinweise, die darauf hindeuten, zu beurteilen.

Schweißige oder fettige Handfläche

Eine verschwitzte oder fettige Handfläche kann bedeuten, dass die betreffende Person nervös ist. Manche Menschen riechen Erbrochenes an ihrem Schweiß. Auch dies kann auf die zugrunde liegenden Erkrankungen zurückzuführen sein. Kann aber als guter nonverbaler Hinweis dienen, um Ihr Arsenal an Wissen über die Person und das, was in seinem Kopf vor sich geht, für weitere Überlegungen zu Ihrem nächsten Schritt zu erweitern.

Sie haben vielleicht bemerkt, dass Menschen bei einigen unangenehmen Fragen ins Schwitzen geraten und ihren Hemdkragen anpassen. Das Szenario könnte eine schwierige und unbeantwortbare Frage sein, die während eines Vorstellungsgesprächs beantwortet werden soll. Der Befragte kann in Schwierigkeiten geraten, weil er nicht weiß, was er tun soll.

Dasselbe gilt, wenn die Handfläche beim Händedruck in Schweiß ausbricht. Der Händedruck kann auf die betreffende Person ausgedehnt werden, während sie sich von ihr verabschiedet und nur einen Moment, nachdem sie die unangenehme Frage gestellt hat. Manche Menschen mögen eine solche Wahrheit in Worten verbergen, aber nicht im Händedruck.

Irreführende Hinweise

Auch hier konnte eine verschwitzte Handfläche dies nicht bei jedem anderen Menschen suggerieren. Manche Menschen können die ganze Zeit normal schwitzen. Ich habe einen Cousin, der ständig schwitzt und seine Handflächen sind den größten Teil des Tages fettig. In der Sommersaison deckt er sich sogar mit dicken Fleecedecken ab und lässt sich gerne von Schweiß durchnässen. Man sollte zwischen solchen Hinweisen unterscheiden.

Ein fester Händedruck

Dies ist eine offensichtliche Vorstellung, die jeder kennt. Ein fester Händedruck bedeutet, dass die Person sehr selbstbewusst und extrovertiert ist. Heutzutage möchte jeder die Menschen dazu bringen, zu glauben, dass sie diese Qualitäten besitzen und einen festen Händedruck geben. Aber wenn dies unerwartet geschieht, deutet dies auf die wahre Natur einer Person hin. Es hängt davon ab, wie Sie diese Informationen durch die Person unbemerkt extrahieren können.

Auch Frauen, die einen festeren Händedruck haben, verhalten sich nicht schüchtern oder introvertiert.

Auch Menschen, die einen sehr festen Händedruck haben, können bedeuten, dass sie dominieren wollen, und man muss sie im Auge behalten, um sicherzustellen, dass eine sanfte Beziehung oder Konversation entsteht.

Fazit

Ein Händedruck ist die am meisten gehypte Form von nonverbalen Hinweisen in der westlichen Gesellschaft. Obwohl es viele dokumentierte Wege gibt, um zu wissen, was im Kopf einer Person oder in ihrer Absicht vorgeht, kennen viele nicht das volle Potenzial eines Händedrucks, um dasselbe zu entdecken. Eine sorgfältige Beobachtung der verschiedenen Möglichkeiten, sich zu entwirren und danach zu suchen, kann Wunder für die Art und Weise bewirken, wie Menschen leben und andere verstehen.

Obwohl es keine solchen nonverbalen Hinweise gibt, um ein vollständiges Verständnis des Geisteszustands eines Individuums zu vermitteln, können viele Eigenschaften ans Licht kommen, die nützlich sind, um eine Beziehung zu schmieden oder eine Absicht oder

Ängste, Lebendigkeit oder Erziehung oder den Mut, den er besitzt, zu messen.

Es gibt noch andere Körpersprache oder nonverbale Hinweise, nach denen Sie in den kommenden Kapiteln Ausschau halten müssen. Diese werden wir im Detail besprechen.

Referenzen

www.calmclinic.com/anxiety/symptoms/cold-hands

www.today.com/health/chapped-winter-hands-it-dry-skin-or-something-else-t208822

www.apa.org/news/press/releases/2000/07/handshake

Schnüffeln

Die Bedeutung von Schnüffeln kann von jemandem verstanden werden, der sich zu jeder Zeit seines Lebens eine Erkältung zugezogen hat und eine laufende Nase hat. Ein Schnüffeln ist die Reaktion, die Sie hervorrufen, wenn die Nase ausläuft oder mit einer wässrigen Substanz läuft, z. B. Schleim oder Rotz. Du versuchst, es in der Nase zu halten, indem du es einschnüffelst oder hart durch deine Nasenlöcher atmest. Dies geschieht jedes Mal, wenn die Nase läuft.

Jetzt, da die Bedeutung des Schnüffelns offengelegt ist, kann eine wichtige Körpersprache oder ein nonverbaler Hinweis verstanden werden, der offen zeigt, ob eine Person lügt, schuldig ist oder betrügt.

Betrug ist überall in jeder Gesellschaft, Gemeinschaft oder jedem Ort weit verbreitet. Es kennt keine Barriere von Rasse, Kaste, Glauben, Religion, Hintergrund oder irgendetwas. Jeder möchte schnelles Geld verdienen, indem er das Naturgesetz des Verdienens durch harte Arbeit umgeht, bei dem der Boden bei der Schöpfung verflucht wurde und ohne Bodenbearbeitung keine Früchte und Lebensmittel verteilt.

Diese Art von Laster findet man, während wir reisen; pendeln; Geschäfte machen; etwas kaufen; Besorgungen machen; Fragen stellen und irreführende Antworten erhalten; für alles bezahlen und der Verkäufer verlangt überschüssiges Geld; und dergleichen. Taxifahrer können uns mit dem Fahrpreis betrügen oder Händler mit dem Preis oder böswillige Menschen mit dem Ziel, Gewinne für sich selbst zu erzielen, können dies tun.

Es gibt eine Möglichkeit, sich von all dem fernzuhalten und sicher zu bleiben, ohne in einen Verlust zu geraten. Das Zeichen, auf das man bei solchen böswilligen und verdammten Individuen achten sollte, ist ein Schnüffeln. Es verrät die Absicht der betreffenden Person und ein guter Beobachter kann in Sicherheit bleiben.

In dem Moment, in dem eine Person lügt oder betrügt, kommt ein Schnüffeln in ihrer Körpersprache. Es gibt viele Fälle in meinem

Leben, in denen ich in diese große Wahrheit eingeweiht war. Ich werde eins nach dem anderen teilen.

Instanz 1

Einmal wurde ich von meiner Mutter gebeten, etwas Blattgemüse zum Abendessen zu kaufen, während ich vor einigen Jahren zu meinem Abendspaziergang ging. Als ich nach einem geeigneten Straßenhändler suchte, der diesen Haufen Spinat am Straßenrand verkaufte, fand ich eine Person in der Dämmerung.

Er war ein junger Mann in seinen späten Teenagerjahren. Viele Leute kauften das Blattgemüse von ihm - Spinat, Dill, Bockshornkleeblätter und was nicht. Dieser Mann verkaufte einer Dame mittleren Alters einen Haufen Spinat oder Dill - nehme ich an - und versuchte, schnell Geld zu verdienen, indem er ihn zu einem höheren Preis an mich verkaufte.

Der Preis dafür betrug damals normalerweise 10 Rupien für eine normale Größe eines Straußes. Und das war nur spekulativ, da der Preis an manchen Tagen um etwa 5 oder 10 Rupien über das Normale steigen kann.

Als ich den Preis direkt bei ihm erkundigte, gab er 15 Rupien an. Dies war mehr als 5 Rupien der normale Preis für einen Haufen Spinat, der zuvor erwähnt wurde. Als ich ihn also nach dem Preis fragte, schnüffelte die Person nach ein paar Augenblicken. Dies tat er, obwohl er nicht an Kälte oder einer laufenden Nase litt.

Das Schnüffeln, das von einem gesunden Menschen ausgeht, der nicht an Erkältung oder einer allergischen Reaktion leidet, ist ein klarer Hinweis darauf, dass der Straßenhändler schuldig war und mich mit einem übertriebenen Preis für einen Haufen Spinat in der Gegend betrogen hat.

Ich zog mich vom Kauf des Haufens von ihm zurück und fragte streng nach dem normalen laufenden Preis von 10 Rupien. Er rührte sich nicht und - wie es in unserem Teil des Landes üblich ist, den Ort zu verlassen und die Verkäufer rufen uns für den geforderten Preis zurück - ging ich weg. Er rief mich zurück und ich kaufte es für den normalen Preis - ein guter zwei frischer Haufen Spinat. Als ich für den Tag fertig war, beendete ich meine tägliche Routine des Spaziergangs inmitten der Natur und erreichte mein Zuhause.

Instanz 2

Wir haben unser Haus vor etwa zehn Jahren gebaut. Die Fertigstellungsarbeiten waren im Gange. Es bestand Bedarf an einer Granitplatte für die Küchenarbeitsplatte. Mein Bruder und ich wagten uns auf die Suche nach einem sehr guten Granitplattenanbieter in unserer Gegend. Der Laden, der mir sofort in den Sinn kam, war ein Händler, der in der Nähe war und eine ganze Reihe von Granitsorten besaß, die eine riesige Fläche hatten, in der er sie stapelte.

Wir gingen dorthin, konzentrierten uns auf eine gute Granitplatte und standen in einer Schlange, um sie für den Bau unseres neuen Hauses zu kaufen. Eine Person war gekommen, um eine andere Art von Platte zu kaufen und handelte klug. Ich bemerkte, dass er ohne sein Wissen betrogen wurde und ging seiner Tagesroutine nach.

Als nächstes waren wir an der Reihe. Mein Bruder und ich mussten verhandeln wie die andere Person, die vor uns ging, um die Granitplatte zu kaufen, die wir gerade kaufen wollten. Der Mann an der Theke war sehr gut gekleidet und hatte, glaube ich, volle zwei Beutel Pan Masala im Mund. Er spuckte purpurroten Speichel aus seinem Mund.

Die Person war mit einem Taschenrechner bewaffnet und wollte uns einen Preis für den Granitstein nennen, den wir kaufen wollten. Er machte einige Berechnungen damit, die einen gewissen Prozentsatz beinhalteten, den es ihn und andere Gewinn-Verlust-Gleichungen kosten würde. Später platzte er einen Preis heraus und wir wussten nicht, was der richtige Preis für den Granit in dieser Gegend für die Zeit war.

Er schniefte und berührte seine Nase ein paar Mal, während er den Preis für die Platte angab. Ich konnte deutlich sehen, dass er betrog und seine Schuld in diesem nonverbalen Stichwort zum Ausdruck kam. Unnötig zu sagen, dass ich meinem Bruder verriet, dass die Person den Preis übertreibt.

Mein Bruder antwortete, dass wir nichts tun könnten und die Person die Situation ausnutzte. Die Situation ist, dass dies die einzige Person in unserer ganzen Gegend war, die solche Steine hatte und sie von anderen Orten kaufte - was ziemlich weit ist - könnte Transportkosten dafür verursachen. Das heißt, die Platte ist sehr schwer.

Also kehrten wir nach Hause zurück und begnügten uns mit dem Preis und dem Verkäufer. Unsere Arbeit war getan.

Instanz 3

Dieser Vorfall ereignete sich in meinen frühen Jugendjahren. Ich hatte eine Ingenieurschule für eine ganze Weile abgebrochen - das spielt jetzt keine Rolle, da sich mein Karriereweg geändert hat - und es gab zu Hause Druck, nach einem Job zu suchen und eine anständige Bezahlung zu verdienen. Obwohl ich für diese Art von "Lebensunterhalt" nicht bereit war, da die Art des angebotenen Jobs für mich ziemlich persönlich abschreckend war.

Der Grund dafür könnte sein, dass ich keine Leidenschaft für solche Schreibtischjobs wie Kassierer oder Kassierer oder Außendienstmitarbeiter einer Versicherungsgesellschaft oder sogar Dateneingabe habe. Ein weiterer Grund könnte sein, dass ich einen Job bekommen musste, der Fähigkeiten erfordert, die ich besitze; die Gehaltsskala war nie der Streitpunkt für mich.

Tatsächlich gab es eine Reihe von Lebensläufen, die von mir vorbereitet wurden, und fast häufige Interviews, die ich verschiedenen potenziellen Arbeitgebern gab. Diese wurden in formeller Kleidung - wie es die Norm ist - mit meinen kürzlich graduierten Cousins des Einheimischen durchgeführt, die in der Stadt lebten und durch Landungsjobs in multinationalen Unternehmen nach einem guten Lebensstil suchten.

Es gab einen solchen Vorfall, bei dem mein Vater sich für eine Lebensversicherung in einer angenehmen Versicherungsgruppe entschieden hatte. Der Versicherungsvertreter dieser privaten Firma - die ein MNC war - war ihm nahe genug gekommen, um ein Beschäftigungsangebot für mich von seinen Chefs zu suchen.

Der Job war der eines Telefonanrufers, der die ganze Zeit verschiedene Telefonnummern anrief, um sie im Unternehmen zu versichern. Es lag nur ein Telefon auf dem Schreibtisch und dieser Cold Calling Job wurde mir angeboten. Es gab sehr hohe Erwartungen an mich, dass ich Ingenieurstudent bin und gut zu der Rolle passe; die Führungskraft war beeindruckt.

Obwohl sie gutes Geld und Vergünstigungen anboten, war ich wegen der vielen oben genannten Gründe unbeeindruckt.

Bevor ich dieses Büro besucht hatte, hatten sie mich telefonisch angerufen, um ein Vorstellungsgespräch zu vereinbaren. Wie gesagt, die Idee, dort zu arbeiten, kam mir nicht in den Sinn. Ich hatte mein Smartphone ausgeschaltet, nur um diese ganze Interview-Sache zu vermeiden. Ich hoffte, irgendwie aus dieser Situation zu entkommen und gleichzeitig unangenehme Gespräche über Karriere oder Konfrontationen über die Art von Fragen von mir bekannten Menschen zu vermeiden.

Ich hätte nicht gedacht, dass diese ganze Idee, mein Smartphone auszuschalten, irgendeine Art von Turbulenzen im Büro und auch für den Versicherungsagenten, dem mein Vater nahe stand, mit sich bringen würde.

Als ich das Büro dieses MNC besuchte, gab es überall eine Menge geschäftiger Aktivitäten am Arbeitsplatz. Und ich ging an diesem Versicherungsvertreter vorbei, der eine "gute Sache" in meinem Leben tun wollte, um mir die Beschäftigungsmöglichkeit zu geben.

Als ich mich im Büro bewegte, schnüffelte diese Person und berührte ein paar Mal seine Nase. Ich verstand nicht, warum er es tat. Aber es blieb für eine ganze Reihe von Jahren in meinem Kopf - das ganze Bild von ihm, wie er es tat.

Später fand ich heraus, dass er meinen Vater gefangen hatte, indem er eine Versicherungspolice verkaufte, die sehr teuer und auf lange Sicht nicht vorteilhaft war. Mein Vater ist es nicht gewohnt, die langen Bedingungen zu lesen, die in solchen Dokumenten angegeben sind. Er nahm es für das Wort des Agenten, dass es eine gute Politik für ihn war.

Mein Vater musste diese Lebensversicherung sehr lange fortsetzen, zahlte riesige Prämien und die Laufzeit endete viele Jahre später.

Dieses Fiasko brachte mir viele Dinge ans Licht: Eines davon war das Schniefen und Berühren der Nase, das dieser Versicherungsvertreter tat. Offensichtlich war er schuldig und der nonverbale Hinweis, mit der Berührung der Nase zu schnüffeln, offenbarte dies. Das merkt ein guter Betrachter.

Instanz 4

Es gibt viele Fälle von Menschen, die mir nahe stehen, wie Cousins, die schniefen, während sie bestimmte Gerüchte über andere Verwandte teilten. Ich erwische sie dann und da, wie sie Lügen erzählen oder einfach nur Gerüchte verbreiten.

Irreführende Hinweise

Obwohl es wahr ist, dass Menschen, wenn sie schnüffeln, Lügen erzählen oder schuldig sind oder betrügen, ist es dennoch auch wahr, dass sie nicht jedes Mal schnüffeln, wenn sie dies tun. Es gibt viele Fälle in meinem Leben, in denen niemand schnüffelte oder seine Nase berührte, während er so etwas wie bösartiges Verhalten anstellte.

Man kann diesen nonverbalen Hinweis ergänzen, indem man viele andere verwandte Fragen stellt, um zu wissen, ob Menschen lügen. Genauer gesagt, wenn Ihnen jemand sagt, dass eine bekannte Person seine Promotion abgeschlossen hat, können ihm weitere Fragen gestellt werden.

Fragen wie: „An welcher Universität hat er diesen Abschluss erworben?" und „Wer war sein Ausbilder?" Wenn solche Fragen gestellt werden, hat die Person keine Antworten in ihrem Kätzchen und kann fummeln oder unverblümte Antworten geben.

Vergleicht man diese Antworten an anderer Stelle mit dem engen Vertrauten der Person, zeigt sich das wahre Gesicht desjenigen, der das gesagt hat. Wenn diese nicht mit den Antworten der ehemaligen Person übereinstimmen, war die Hauptfrage eine Lüge. Um dies zu erreichen, sollten viele Fragen gestellt und ihre Antworten gesammelt werden.

Außerdem gibt es Menschen, die ständig ihre Nase berühren und schniefen. Das bedeutet nicht, dass sie lügen oder betrügen oder schuldig sind. Es bedeutet nur, dass es ihre Gewohnheit ist und andere Wege mit ihnen ausprobiert werden können, wie die erste. Es gibt viele solcher Menschen.

Einer meiner unmittelbaren Nachbarn leitet eine Aktivität oder einen Workshop in der Kirche. Während einer der Versammlungen, um eine Tätigkeit für die Reinigung und Dekoration der Kirche zu besprechen, wandte er sich an alle Eingeweihten in Bezug auf die Aufgaben, die jeder von ihnen übernehmen muss.

Er schnüffelte und berührte die ganze Zeit seine Nase, obwohl es nichts gab, was darauf hindeuten könnte, schuldig zu sein oder zu betrügen oder zu lügen. Dies ist seine Gewohnheit, wenn er sich an Menschen wendet oder in der Öffentlichkeit spricht. Nochmals, nicht zu verwechseln mit den Absichten, die das Schniefen enthüllen, von dem wir hier sprechen.

Darüber hinaus sollten Menschen mit einer leichten Erkältung und einer laufenden Nase nicht mit diesen Lastern verwechselt werden. Es gibt viele solcher Menschen in der Nähe und man könnte sie leicht damit verwechseln. Es sollte einen gewissen Ermessensspielraum geben.

Fazit

Die Kunst, solche böswilligen Menschen durch Schnüffeln zu identifizieren, kann unserem Alltag sehr zugute kommen. Am wichtigsten ist, dass man kluge Entscheidungen treffen kann, während man einen Service in Anspruch nimmt, ob er nützlich ist oder unseren Taschen schadet. Die tägliche Aktivität als solche, die hierin erwähnt wird, in den Fällen wie Kauf; einmalige Investition wie der Bau eines Hauses; die Nutzung von Dienstleistungen wie Schreinerei für den Bau von Hausmöbeln oder Innendekorationsdienstleistungen kann durch dieses nonverbale Stichwort nicht belastend oder zu schwer für die Taschen werden.

Jeder gute Beobachter kann in Sicherheit bleiben und sich von Menschen mit böswilliger Absicht fernhalten, während er beschließt, die Dienste der Person in Anspruch zu nehmen oder nicht. Niemand kann einen weisen Menschen betrügen. Auf dieses Grundwissen muss man sich verlassen und die Möglichkeiten sind grenzenlos. Auf den folgenden Seiten wird es noch mehr zu sehen geben.

Mit den Füßen spielen

Es gibt noch einen weiteren nonverbalen Hinweis, bei dem die geistige Veranlagung einer Person erkannt werden kann, ob sie sich rechtfertigt. Diese Rechtfertigung kann auch ein Zeichen dafür sein, dass er sich kurz zuvor mit jemandem gestritten hat. Momente im Sinne von vor einigen Sekunden.

Das Zeichen, auf das man achten sollte, ist, dass die Person mit den Füßen spielt, als würde sie etwas auf den Boden zeichnen. Es muss nicht unbedingt Zeichnen bedeuten, sondern auch mit dem Schlamm oder den Steinen spielen, während er nach dem Tiff oder Streit steht.

Auch dieser nonverbale Hinweis von der Person konnte nicht nur auf dem schlammigen Boden erfolgen, sondern überall auf dem Boden, wo er steht. Aber die Action sollte so sein, als würde er mit dem Schlamm spielen oder Steine und Kies mit den Füßen bewegen.

Mehr noch, dieser Hinweis kann auch bedeuten, dass die Person, die ihn zeigt, einen Sinneswandel hat oder von der Meinung umgekehrt ist, die er hatte, bevor sich die Wahrheit vor seinen Augen entfaltete. Der Gedanke ist für ihn einschüchternd und er möchte seine Haltung zu dieser Angelegenheit ändern.

Es gibt ein paar Fälle in meinem Leben, in denen ich diesen nonverbalen Hinweis bei Menschen beobachtet habe.

Instanz 1

Ich arbeitete in einem Startup mit der Position eines Content Writers. Es war eine Beratungsfirma und später wurde ich zu einem Software-Schwesterunternehmen versetzt. Es gab eine Person, die mit mir zusammenarbeitete und die Firma in der Buchhaltung unterstützte.

Er war ein Mann mittleren Alters, ziemlich erfahren im Beruf und verdiente gut für seine Position. Einige Tage vergingen und es gab Unruhen in seinem erweiterten Familienleben. Seine Schwester stieß direkt auf ein Problem und das quälte ihn die ganze Zeit. Ich konnte es an seinem Verhalten im Büro sehen.

Da es sein Arbeitsleben stark beeinträchtigte, griff er zur Gewohnheit, Alkohol zu trinken, um es zu lindern. Allmählich nahm der Alkoholkonsum zu und sein Atem roch danach. Er kam betrunken ins Büro.

Außerdem gab es keine Pünktlichkeit, bei der er mitten am Tag ins Büro kam. Mein Arbeitgeber wurde sich dessen bewusst und fragte ihn nach der nach unten spiralförmigen Arbeitsmoral. Zu all unserer - und der seiner Kollegen - Überraschung enthüllte er dem Chef, dass er in letzter Zeit trinkt und es ein Problem in seiner Großfamilie gibt. Er war schlicht.

Der Chef rief ihn in den Sitzungssaal und es kam zu einer Konfrontation. Es gab ein paar Minuten lang viel lautes Gerede und er schickte ihn nach Hause. Ich und meine Kollegen konnten das Gespräch nicht mithören.

Nach der Konfrontation kehrte mein Chef in den Arbeitsbereich zurück und wir konnten ihn stehen sehen. Er spielte mit seinen Füßen, genau wie ich oben erwähnt habe. Unnötig zu sagen, dass er sich in Bezug auf die Entscheidung rechtfertigte, die er getroffen hatte, um den leitenden Buchhalter aus seinem Job zu entlassen. Das war direkt nach der Konfrontation und dem hitzigen Austausch.

Dieser Akt der Rechtfertigung wird als sehr hilfreich und wertvoll für alle verstanden. Eine Familie und ihre Kosten hängen davon ab. Es ist jedem lieb. Also rechtfertigte sich der Chef für ein paar Minuten mit diesem nonverbalen Stichwort und verließ nach einer Weile das Haus.

Instanz 2

Vor Jahren lief eine Nachricht auf einem Fernsehsender. Es ging um eine bekannte Fernsehpersönlichkeit, wie er in einer lebensbedrohlichen Autounfall mit einer anderen berühmten Persönlichkeit verwickelt war. Sie strahlten Videos und Bilder dieser Fernsehpersönlichkeit kurz nach dem hochkarätigen Unfall aus, bei dem es nicht zu Todesfällen, sondern zu schweren Schäden an den Fahrzeugen kam.

Als sie diese Videos, in denen der Mann und seine Frau verletzt waren, im Fernsehen ausstrahlten, wurde der Fahrer der Person für den Unfall verantwortlich gemacht. Es wurde auch ausgestrahlt, dass die

Persönlichkeit nicht das Auto fuhr, in dem sich der Unfall ereignete, sondern der Chauffeur.

Die Visuals des Chauffeurs wurden die ganze Zeit zu kontinuierlich ausgestrahlt. Aber ich konnte erkennen, dass die Fernsehpersönlichkeit lügt und er selbst in den Unfall verwickelt war und das Auto fuhr. Ich war mir sogar sicher, dass diese Person den Fahrer mit Nachdruck und unverhohlen beschuldigte.

Der Grund für diese Behauptung von mir war, dass der Fahrer den nonverbalen Hinweis zeigte, mit seinen Füßen auf allen auf dem Fernsehbildschirm angezeigten Bildern zu spielen. Er schaute mit um den Rücken gebundenen Armen nach unten und spielte ständig mit seinen Füßen, als würde er etwas im Kies oder Schmutz oder Boden suchen oder zeichnen.

Obwohl diese Person gezwungen war zuzugeben, dass er während des Unfalls auf den Rädern des Autos saß, gab es keinen Widerstand von ihm. Er gab es vorsätzlich aus eigenem Antrieb zu.

Das ganze Szenario hinter den Kulissen, das sich vor uns abspielt, ist, dass ein starker einseitiger verbaler Angriff auf den Fahrer folgte und er eingeschüchtert wurde, da er keine Möglichkeit hatte, etwas anderes zu sagen. Er war vielleicht gezwungen zu glauben, dass sein Job bedroht war, oder es war so.

Während der nonverbalen Cue-Ausstellung rechtfertigte er ständig die Möglichkeiten oder Permutationen und Kombinationen dessen, was er hätte tun können, um nicht in die Augen dieser wütenden Fernsehpersönlichkeit zu geraten. Und auch, wie er aus dieser Situation besser hätte entkommen können, als wie sie sich entfaltete.

Die eklatante Lüge der Fernsehpersönlichkeit über die Wahrhaftigkeit der Behauptung, wer während des Crashs auf den Rädern des Autos war, wurde mit diesem nonverbalen Stichwort entlarvt. Eine sehr praktische, in der Tat! Ich habe den Geist der Fernsehpersönlichkeit und die Art von Situation kennengelernt, in die er seine Mitarbeiter bringt. Seine ganze Denkweise in der Situation wurde vor mir bloßgelegt.

Wirklich, reiche Leute regieren den Schlafplatz in unserer Gesellschaft.

Instanz 3

Kürzlich hat sich ein Vorfall entfaltet, der diesem Stichwort, das sich visuell entwickelt, Gewicht verleiht. Ich schaute passiv fern - wie ich es immer tue und nicht aktiv - und in den Nachrichten lief eine Geschichte über ein Land, das in der Astronomie eine seltene und immense Leistung vollbrachte.

Der Führer des Landes wandte sich an eine Form der Versammlung von Delegierten, und während er verkündete, dass das Kunststück live auf dem Bildschirm erreicht wurde, zeigte ein Mitglied oder ein Delegierter diesen nonverbalen Hinweis.

Dies tat er, weil er der Meinung war, dass das Land, das diese Leistung vollbracht hatte, nicht technologisch genug entwickelt war, um dies zu tun. Aber als sich das Ereignis direkt vor seinen Augen abspielte, änderte er seine Haltung.

Obwohl diese Person nicht mit seinem unteren Oberkörper sichtbar genug saß, um über dieses nonverbale Stichwort zu urteilen, gelang es mir dennoch zu erkennen, dass er es zeigte. Und um es gelinde auszudrücken, die Leistung, die dieses Land erreicht hat, war es wert, sich daran zu erinnern.

Irreführendes Stichwort

Viele Menschen spielen mit ihren Füßen auf diese Weise auch in einer gemütlichen Zeit - wenn sie mit ihren Freunden in Freiheit sind. Dies sollte nicht mit dem ursprünglichen nonverbalen Hinweis verwechselt werden, um zu wissen, wann eine Person aus einem Tiff herausgekommen ist.

Fazit

Die Emotion hinter diesem nonverbalen Hinweis auf das Spielen mit den Füßen ist rein und ihr rohes Potenzial ist nur vorstellbar. Stellen Sie sich vor, eine Person zeigt diesen nonverbalen Hinweis und Sie sollen mit ihr über eine Geschäftsmöglichkeit sprechen. Sein Geist ist nicht ruhig und kann wandern. Und dies ist nicht der richtige Zeitpunkt, um mit ihm vernünftig zu reden, wie friedliche Diskussionen über Philosophie.

Es sollte jedoch beachtet werden, dass der Tiff manchmal sehr schwerwiegend sein kann und der Schweregrad mit diesem nonverbalen Hinweis nicht gemessen werden kann. Man sollte die rechtfertigenden Gedanken mit der Zeit einsinken lassen.

Wie in Instanz 1 erwähnt, ging mein Arbeitgeber nach Hause, um die Zeit seine Emotionen heilen zu lassen, die aus diesem Fiasko mit dem Buchhalter hervorgegangen waren. Die Zeit heilt fast alles.

Der perfektionistische Touch

Dieser nonverbale Hinweis zeigt, dass die Person, die es tut, oberflächlich unsicher ist und wegen ihrer Fähigkeiten verfolgt wird. Es kann völlig sinnvoll sein, dass sie sehr fähig ist - gelinde gesagt. Außerdem ist es eine falsche Unsicherheit. In den folgenden Fällen kann sich ein klareres Bild ergeben. Aber zuerst mehr über die Aktion im nonverbalen Stichwort.

Die perfektionistische Note ist hier, wenn eine Person die auf ihrem Schreibtisch oder ihrer Kosmetiktasche oder in der Nähe verfügbaren Gegenstände berührt, als ob sie sie in einer Reihenfolge oder Struktur oder einem Stapel anordnen würde. Bei diesen Gegenständen kann es sich um Zeitungen, Akten, Dokumente, Zeitschriften unter dem Briefbeschwerer handeln. Manchmal kann die Berührung nur ein Tippen oder Tupfen auf die Kosmetiktasche oder etwas anderes sein.

Es gibt viele Fälle in meinem Leben, in denen ich diesen nonverbalen Hinweis bei der Arbeit bei alltäglichen Menschen beobachtet habe.

Instanz 1

Ich habe die Angewohnheit, täglich an der Messe in unserer örtlichen Pfarrkirche teilzunehmen. An einem der Tage tat ich dasselbe. Es war ein Besuchspriester aus einem nahe gelegenen College gekommen, das von Priestern einer bestimmten Gemeinde geleitet wurde. Das College war ein paar Meilen entfernt.

Als der Priester begann, die Messe zu feiern, erreichte er das Stadium, in der Mitte eine Predigt zu halten. Er beschrieb die Bedeutung der Bildung und seinen Lebensweg, der ihn dazu brachte, ein Priester mit einer Berufung zu sein.

Der Priester war meinem Bruder bekannt, der viele seiner Vorträge während der College-Tage hörte. Und er war dafür bekannt, viele Lorbeeren von seiner Alma Mater und seiner Universität gewonnen zu haben. Es gab ein paar Goldmedaillen, die ihm von diesen Institutionen gutgeschrieben wurden.

Während der Predigt, als er über die Bedeutung der Bildung predigte, enthüllte er die Goldmedaille, die er in verschiedenen Fächern gewonnen hatte. Die staatlichen Ränge, die er gewonnen hatte, waren einige von ihnen, und er erklärte sie in einer ziemlich bescheidenen Weise.

Ich beobachtete ihn die ganze Zeit, als er leidenschaftlich über die Medaillen sprach, die er gewonnen hatte. Interessanterweise zeigte er den nonverbalen Hinweis der perfektionistischen Berührung und berührte die wenigen Blätter Papier - vielleicht waren die wichtigen Punkte der Predigt darin geschrieben, so dass er sie zwei- oder dreimal ausarbeiten konnte.

Daraus lassen sich die Lehren ziehen, dass der Priester - wie zu Beginn des Kapitels erwähnt - auf dem akademischen Gebiet, von dem er sprach, sehr kompetent war. Nachdem er viele Lorbeeren von seiner Alma Mater gewonnen hatte, schlug der nonverbale Hinweis dasselbe über ihn vor. Es kann die Leistungsfähigkeit eines jeden messen.

Instanz 2

Ich habe vor einigen Jahren in einer Beratungsfirma gearbeitet und wir waren bescheidene fünf bis sechs Mitarbeiter in der Niederlassung in unserer Stadt. Bei uns arbeitete eine Mitarbeiterin. Sie war ziemlich in ihren späten 40ern, nehme ich an. Die Frau stammte aus einer wohlhabenden Familie und ihr Mann war für seine hochkarätigen Kontakte bekannt.

Da der größte Teil der Belegschaft Verwandte und Freunde der Gründer und Direktoren waren, plauderten wir alle beiläufig. Im Chat ging es um hochbezahlte Jobs, die einige Leute gelandet waren. Da die Regisseure ziemlich wohlhabend waren, erzählte sie in der Mitte des Gesprächs über den Lebensstil in ihrem Haus.

Dabei gab sie ihrer auf dem Schreibtisch liegenden Kosmetiktasche den perfektionistischen Touch. Sie hatte ihre Tasche fertig, da es Zeit für sie war, nach der Arbeit einen halben Tag zu gehen. Dieser Akt von ihr sorgte für mich dafür, dass sie in der Tat wohlhabend war und ein großer Teil des wohlhabenden Lebensstils ihrer Familie in ihrem täglichen Geplänkel mit uns am Arbeitsplatz deutlich wurde.

Fazit

Dieser nonverbale Hinweis ist ein Lackmustest und ist sehr wahrheitsgetreu in Bezug auf die Dinge, die er offenbart. Ich denke, es ist wahrheitsgemäßer als das Wahrheitsserum oder der Lügendetektortest. Es hat viele Anwendungen, in denen die Wahrheit darüber offenbart wird, ob Menschen das sind, was sie sprechen. Und wenn sie das sind, was sie sagen - wenn sie diesen nonverbalen Hinweis auf die perfektionistische Note zeigen - sind sie sehr gut darin.

Insbesondere kann dieser nonverbale Hinweis darauf hindeuten, dass die betreffende Person nicht verarscht werden darf - die letzte Person, mit der man sich streitet

Die Horizontsuche

Wie der Name schon sagt, manifestiert sich dieser nonverbale Hinweis in einer Person, als ob sie nach etwas in der Nähe sucht. Es kann etwas auf dem Monitor am Arbeitsplatz oder aus dem nahe gelegenen Fenster oder im Geschäft suchen. Für eine Person, die diesen nonverbalen Hinweis bemerkt, würde die Suche sinnlos erscheinen, da es nichts Bemerkenswertes oder Sinnvolles zu finden gibt.

Auch diese vergebliche Suchaktion mit dem ganzen beteiligten Körper - manchmal stehend oder zu anderen Zeiten in der sitzenden Position - wo auch immer die Person sitzt - mag auch wie eine normale Arbeitsroutine erscheinen, wie ein Blick auf das Smartphone für die letzten Benachrichtigungen oder sogar auf die Wanduhr, um zu sehen, wie spät es ist.

Im Wesentlichen wird dieser nonverbale Hinweis angezeigt, wenn eine Person durch den Spott oder die Frage oder irgendetwas, das ihr während des Gesprächs gestellt wird, verletzt wird. Dieser Schmerz ist vielleicht nicht sehr schmerzhaft, aber oberflächlich. Es kann Anwendungen bei der Verhandlung des richtigen Preises für die Ware oder den Gegenstand haben, den Sie kaufen möchten, wie Sie es in den realen Fällen in meinem Leben bemerken, in denen ich sie gesehen habe. Hier folgen sie einer nach dem anderen.

Instanz 1

Ich war an einem Nachmittag zu Hause und tat nichts, was es wert war, erzählt zu werden. Das war während meiner Arbeitssuche. Aus heiterem Himmel tauchte ein Verwandter von uns auf, der einige Meilen von unserem Zuhause in der Stadt entfernt lebte und uns sehr selten besuchte. Sie stand meiner Mutter seit ihren jüngeren Jahren ziemlich nahe und teilte eine scheinbar angebliche gute Bindung mit ihr.

Als die gerissene und schlaue Dame, die sie ist, erlebte sie beim Betreten eine Verhöhnung, die auf mich gerichtet war. Sie ist immer noch dafür bekannt, eine prominente Klatschhändlerin in unserer Heimat zu sein, die sich mit den anderen bekannten aus ihrer Gruppe zusammentut, um laufende Angelegenheiten in der ganzen Nachbarschaft und Stadt zu besprechen.

Um auf den Punkt zu kommen, war die Verspottung, die gegen mich gerichtet war, eine Frage, die mich betraf, nirgendwo in der Stadt einen Job zu finden, seit ich im arbeitsuchenden Alter meines Lebens war. Dieses Alter ist nur eine Zahl und trägt zu den Gerüchten in der Nachbarschaft bei.

Unnötig zu sagen, dass dieser Klatsch in dieser Zeit sehr interessant und weit verbreitet war und sie die Nachricht darüber zu ihren Klatschern bringen musste, die danach fragten. Praktisch gibt es kein Alter oder keine körperliche Verfassung, um einen hochrangigen oder angesehenen Job irgendwo zu landen. Glauben Sie mir.

Gerade als die Dame den Spott übergab, dass Ihr Sohn meiner Mutter überhaupt nichts tut, zeigte ich dieses nonverbale Stichwort. Die Art und Weise, wie ich es ausstellte, blieb lange bei mir, bis ich es tief verstand.

Ich habe ihr gerade geantwortet, dass ich nach einem geeigneten Job für mich suche und von dem Stuhl, auf dem ich saß, aufgestanden bin und vor unserer Haupttür geschaut habe, als würde ich dort jemanden suchen. Mein ganzer Körper war an diesem nonverbalen Stichwort beteiligt und ich wurde wegen des Spottes dieser gerissenen Dame verletzt.

Meine Mutter fütterte sie mit einigen interessanten Gerüchten, die alle Lügen waren, und schickte sie weg, damit sie später wissen konnte, wer die Leute sind, die diese Nachricht auch erreicht. Das waren interessante Tage. Wie ich vielleicht sagen kann: "Der Prozess ist strafend, aber der Gedanke ist schön". Diese Tage sind mir in Erinnerung geblieben.

Instanz 2

Mir kommt ein weiteres Beispiel in den Sinn, bei dem dieser nonverbale Hinweis vor meinen Augen gezeigt wurde. Einmal besuchte ich einen Verwandten von mir, um etwas über einen Fehler in der Software meines kürzlich gekauften Laptops zu fragen, da die

Person ein Softwareingenieur war und viele Dinge über Computer wusste.

Ich, mein Cousin, der mich dorthin gebracht hat, und der Software-Ingenieur sprachen über verschiedene Themen. Dann nahm das Gespräch einen anderen Weg und ging auf den Job oder die Arbeitsplatzprobleme im Büro der Person zu. Dies ist immer der Fall, da mein Cousin es gewohnt ist, ständig mit jedem, den er trifft, über Angelegenheiten am Arbeitsplatz zu sprechen.

In dem Moment, als mein Cousin den Ingenieur nach seinem Profil bei der Arbeit und der Art der Arbeitsatmosphäre fragte, zeigte er diesen nonverbalen Hinweis. Die Art und Weise, wie er es tat, war interessant: Er arbeitete am Computer auf seinem Schreibtisch zu Hause und während er sprach, schaute er auf den Monitor, der seine Augen verengte, als hätte er etwas gesucht. Dann normalisierte er sich wieder.

Tatsächlich gab es nichts Bemerkenswertes, um auf den Monitor zu schauen, aber er tat es. Und es bedeutet auch einfach, dass es zwei Dinge zu beachten gibt. Eine davon war, dass er sichtlich verletzt war und - auch von ganz tief innen - im Moment bei keiner Firma angestellt war.

Ich verstand, dass er arbeitslos war. Die Tatsache dieser Angelegenheit war für mich ziemlich aufschlussreich, da alle seine unmittelbaren Familienmitglieder darüber lügen, dass er einen Job bekommt und in seinem Beruf die ganze Zeit gut abschneidet. Wirklich, nichts kann einem guten Beobachter verborgen bleiben.

Instanz 3

Dieser Fall ist sehr interessant, da er damit zusammenhängt, wie man effektiv für ein Produkt verhandelt, das man in einem Geschäft kaufen möchte.

Ich hatte die Angewohnheit, mich mit meinem Bruder und meiner Schwägerin in unserem Auto fortzubewegen, während sie Besorgungen für sich selbst oder nur eine lange Fahrt am Wochenende oder andere gemächliche Aktivitäten machten. So waren wir eines Tages in der Stimmung, Badmintonschläger einzukaufen und erreichten ein bekanntes belebtes Einkaufszentrum in unserer Stadt.

Dieses Einkaufszentrum war vollgepackt mit vielen Sportgeschäften. Wir konzentrierten uns auf einen guten Laden und schauten uns die Schläger dort an. Mein Bruder hatte einen guten professionellen Schläger im Blick, da er selbst Badmintonspieler auf Landesebene war.

Also - da meine Schwägerin gut darin ist, einen Preis zu verhandeln, der zu uns passt - fing sie an, es mit dem Besitzer des Ladens zu tun. Sie bat um einen Preis und der Ladenbesitzer sagte, es sei nicht der richtige Preis, um seine Waren zu verkaufen.

Daher senkte sie ihren Angebotspreis und die Person war auch mit dem Preis nicht zufrieden. Da sie in diesen Dingen gut ist, hat meine Schwägerin den Selbstkostenpreis des Badmintonschlägers in einem renommierten Online-Shop herausgefunden und sich an den Preis gehalten.

Dieser Preis ist für einen stationären Ladenbesitzer ziemlich belastend, da das Vertriebsmodell und andere Aspekte von Online-Shops unterschiedlich sind. Und so können sie mit dem Preis, den sie anbieten, nicht mithalten. Also haben wir uns an diesen Preis als Referenz gehalten.

Als wir um diesen Preis für den dritten Angebotspreis herumkamen, zeigte der Ladenbesitzer diesen nonverbalen Hinweis. Er sah sich einen Schläger in seiner Nähe an und verengte die Augen, als hätte er gesucht und etwas darauf gefunden.

Er war sichtlich verletzt bei der Aussicht, nicht den richtigen Preis zu bekommen, den er den Schläger von seinem Händler gekauft hatte. Dies ist der Preis, bei dem der Gewinn für den Ladenbesitzer fast Null war und diese Marge bei ihm Anlass zur Sorge gab.

Wie auch immer, wir kauften den Schläger für ungefähr diesen Preis und verließen den Ort; der Preis war ziemlich passend und unser hart verdientes Geld wert.

Irreführende Hinweise

Man sollte sich nicht von Verhaltensweisen und Gesten täuschen lassen, die diesem nonverbalen Hinweis ähnlich sind. Die Leute schauen vielleicht nur auf ihr Smartphone und zeigen nicht unbedingt diesen Hinweis. Sie können dies tun, um nach Benachrichtigungen oder Nachrichten oder der Zeit oder sogar nach der Scorecard von

Sportlern oder anderen Dingen zu suchen, da es sich um sich wiederholendes Verhalten handelt. Man kann leicht in die Irre geführt werden.

Fazit

Wie bereits dargestellt, ist dieses nonverbale Stichwort sehr praktisch, wenn es darum geht, über Artikel zu verhandeln, die auf dem Markt verkauft werden. Die Einschränkung dieses Hinweises besteht jedoch darin, dass die Person sichtbar und vorzugsweise vor unseren Augen präsent sein sollte, um ihre Denkweise zu beurteilen.

Ein Faktor, auf den man bei diesem nonverbalen Stichwort achten sollte, ist, dass die Person ihre Augen erheblich verengt und angespannt aussieht, während sie es ausstellt. Dies ist offensichtlich, da er in seinem Herzen verletzt ist. Wenn dieser Faktor aktiviert ist, ist die Horizontsuche definitiv in der Geste der Person am Werk und der Preis für effektive Verhandlungen mit dem Anbieter kann festgelegt werden. Es lügt nie, da es aus dem Herzen kommt.

Zeichen von Ärgerausdruck

Dieser Hinweis wird angezeigt, wenn eine Person wütend ist - vielleicht sehr und auch unruhig. Dieser nonverbale Hinweis wird dadurch definiert, dass die Person in sitzender Position ihre Füße horizontal schüttelt oder bewegt. Er kann dies in Zaubersprüchen und Intervallen oder kontinuierlich tun. Wenn die Person darüber nachdenkt, was sie beleidigt hat, führt sie die Handlung oder den nonverbalen Hinweis weiter aus.

Vorteile

Wenn eine Person diesen nonverbalen Hinweis zeigt, ist es ratsam, die Person von ihrer Wut beruhigen zu lassen. Oder mit anderen Worten, man sollte warten, bis dieser Mensch aufhört, seine Beine auf diese Weise vollständig zu schütteln - nicht nur in Intervallen oder Zaubersprüchen -, um Gunst zu bitten oder etwas von ihm zu lernen. Wie man daraus ableiten kann, wird er dir nicht helfen, bis sein Zorn aufgehört hat.

Instanz

Ich war in einen solchen Vorfall eingeweiht und würde diesen nonverbalen Hinweis in meinen höheren Führungskräften bemerken, die mit mir in meiner Kabine arbeiteten. Da es sich um ein Startup handelte, arbeiteten höhere Führungskräfte mit uns auf der gleichen Etage und ohne Kabinen.

Die Person wurde von mir wegen einer dummen Sache beleidigt, weil sie leicht wütend werden kann. Er schüttelte kräftig seine Beine und ich verstand, dass die Aktion von mir ihn am meisten in seinem Herzen traf. Der Grund für seine Wut war, dass er etwas Hilfe von mir wollte, um einen persönlichen Brief zu formatieren; ich lehnte ab und machte ein Gesicht, ohne zu wissen, dass er direkt in mich schaute.

Sein Zorn ließ langsam nach, wie ich es in diesem nonverbalen Stichwort sah, in dem das Zittern des Beins langsam in Intervallen nachließ und später ganz aufhörte. Dann bat ich ihn um Hilfe. Wir baten ihn um Hilfe für alles, da er ein Berater mit mehr als fünf bis sechs Jahrzehnten Erfahrung in der Verwaltung und Durchführung verschiedener Projekte war - ein CEO-Level Officer.

Irreführende Hinweise

Obwohl sich dieser Hinweis als Vorgeschmack in den Kopf einer Person erweisen kann, ob sie wütend ist oder nicht, kann er ziemlich verwirrend sein. Dies liegt daran, dass viele Menschen die Angewohnheit haben, ihre Beine auf diese Weise - horizontal - zu schütteln, wenn sie untätig oder in Ruhe sind. Es ist wie ein Zeitvertreib für sie.

Um diese Verwirrung zu vermeiden, muss man geschickt oder erfahren genug sein, um zwischen diesen beiden Situationen zu unterscheiden. Eine dieser Möglichkeiten zur Unterscheidung ist die Geschwindigkeit oder die Kraft, mit der dieses Schütteln durchgeführt wird. Wenn zu viel Energie involviert ist, bedeutet dies definitiv, dass die Person ziemlich wütend auf die jüngste Aussage von jemandem ist. Es ist besser, ihm zu erlauben, sich zu beruhigen.

Fazit

Dieses Stichwort ist eine ziemliche Offenbarung im Kopf einer Person. Aber manchmal sind die Beine einer Person außer Sichtweite. Der beste Weg, dies zu vermeiden, ist, ein Möbel aufzustellen, in dem diese gut sichtbar sind. Man sollte Erfahrungen aus Besuchen bei einem Psychologen oder einem verwandten Facharzt sammeln.

Auch wenn dieser nonverbale Hinweis für den Betrachter unsichtbar ist, kann ein Erfahrener unterscheiden, ob es sich um die Wutemotion handelt oder nicht. Der Grund ist auch ein gewisses Zittern im Oberkörper. Ganz nachvollziehbar.

Angstauslösender Cue

Dieser Cue ist eine weitere Form des kürzlich diskutierten. Während sie diesen Hinweis zeigen, schütteln die Menschen ihre Beine auf und ab oder vertikal. Die Person, die Gegenstand dieses Hinweises ist, fürchtet um etwas, das einschüchternd ist oder ganz außerhalb seiner Grenzen liegt, was ihm passieren könnte.

Manchmal kann dem Beobachter die Wahrheit darüber ans Licht kommen, was diese Person im Gespräch befürchtet. Andernfalls kann die Wahrheit vor der Person verborgen sein, die diesen nonverbalen Hinweis in dem Thema bemerkt.

Es gibt zahlreiche Fälle in meinem Leben, in denen ich durch diesen nonverbalen Hinweis einen tiefen Einblick in den Charakter einer Person hatte. Einige von ihnen folgen unten.

Instanz 1

Ich wurde einmal in ein Krankenhaus eingeliefert. Als stationäre Patientin hat mich in den ersten Tagen meines Aufenthaltes ein Arzt beurteilt. Er stellte viele Fragen. Später, im Laufe dieser Fragen, kam er direkt zur Ursache für die Symptome, die ich ausstellte; er enthüllte unverblümt seine Diagnose, möglicherweise um den nonverbalen Hinweis oder die Reaktion zu kennen, die ich ausgab.

Da die Diagnose eine ziemlich schwächende Krankheit war, zeigte ich diesen nonverbalen Hinweis. Ich hatte Angst und der Arzt sah meine Beine durch den Tisch. Er fragte mich, ob ich Angst hätte. Unnötig, meine Antwort aufzuzeichnen, stand er auf und ging weg und enthüllte sie seinen leitenden Ärzten.

Instanz 2

Da fällt mir ein Film ein, in dem eine Person, die eine Schule bombardiert hat, von einem Beamten einer Ermittlungsbehörde verhört wird. Das Subjekt saß in einem Verhöraufbau mit einem Tisch und einem Stuhl, die für die Aufzeichnung solcher nonverbalen

Hinweise unerlässlich sind. Dann wurde er nach dem gesamten Prozess gefragt, wie er es geschafft hat.

In der Mitte des Gesprächs wurde das Subjekt vom Agenten gefragt, ob er Angst habe. Zu diesem Zeitpunkt schüttelte der Bomber seine Beine etwas kräftig vertikal auf und ab. Der Geist dieses Verbrechers wurde vor ihm bloßgelegt.

Instanz 3

Nach einigen Jahren als Content Writer besuchte ich einmal die Messe in meiner Pfarrkirche. Dies war die gleiche Kirche und Pfarrei, zu der meine Cousins und ihre Familie gehörten, aber jetzt bin ich an einen ganz anderen Ort gezogen; daher eine andere Kirche und Pfarrei.

Mein Cousin mit seiner Familie besuchte auch an einem Sonntag die Messe in der Kirche. Aber er besuchte - wie es sein üblicher Brauch war - die Messe draußen in den Räumlichkeiten der Kirche. Die Messe endete und nach dem Rezessionshymnus machte ich mich mit meiner Familie auf den Weg aus der Kirche.

Ich traf diesen Cousin von mir und seiner Familie. Ohne zu zögern fragte ich ihn, ob er die Messe von außerhalb der Kirche hörte. Er hatte Angst vor dem, was er antworten sollte, ganz verständlich, weil ich damals eine moralische Autorität und einen gewissen sozialen Status hatte.

Gerade als ich fragte, zeigte er diesen nonverbalen Hinweis. Es ist anzumerken, dass er in stehender Position war und seine Beine ganz kräftig vorne und hinten zitterten. Sichtbar, wie ein Beobachter, d. h. ich, bemerkte, befürchtete er einen Rückgang seiner Sympathie unter der Großfamilie unserer Cousins.

Dann antwortete er mit einer vagen Antwort, wir streckten auf dem Heimweg einen Händedruck und andere Höflichkeiten aus.

Instanz 4

Es gab auch einen Vorfall, an den ich mich erinnern kann, durch den ich mich mit diesem nonverbalen Stichwort vertraut gemacht habe. Ich war auf dem Weg von meinem Büro nach Hause und pendelte nach einem Arbeitstag am Abend mit dem Bus. Als ich einen Platz im Bus bekam, war da ein Mitreisender. Er war auf seiner Reise, vielleicht um ein paar Besorgungen zu machen.

Ich konnte bemerken, wie seine Beine auf und ab zitterten, während er in der sitzenden Position war. Das bedeutet, dass der Pendler Angst hatte, darüber nachzudenken, wie er seine Reise angehen sollte. Ganz verständlich, wie man die richtige Adresse findet oder den erforderlichen Zug nimmt, der zu dieser Adresse fährt, oder wie er das Ziel erreicht.

Diese ängstlichen Momente lösten in ihm dieses nonverbale Signal der Angst aus. Er schüttelte die Beine in Intervallen und Zaubersprüchen. Das bedeutet, dass er zwischendurch in Intervallen über dieses Joch der Angst nachdachte und dazwischen ruhte.

Fazit

Dieser nonverbale Hinweis ist sehr hilfreich, um den Gemütszustand einer Person zu bestimmen, und man kann sie durch Ermutigung oder freundliche Worte beruhigen. Ein weiterer Aspekt dieses Hinweises ist, dass, wenn das Subjekt es die ganze Zeit an verschiedenen Stellen des Tages in unterschiedlichen Intervallen ausstellt, es eine Person ist, die sich viele Sorgen macht.

Meine Mutter macht das regelmäßig und macht sich viel Sorgen um alles. Ich vermute, dass sich die Sorgen hauptsächlich um ihre Kinder und ihren alltäglichen Aufenthaltsort oder um Sicherheit/Wohlbefinden drehen; ihre Beine werden immer in Bewegung gesetzt.

Dies ist kein Handicap, da solche Menschen bei allem, was sie unternehmen, dennoch sehr produktiv und effizient sind. Noch ein toller Blick in den Kopf.

Das Zeichen von Intelligenzausdruck

Dieser nonverbale Hinweis deutet darauf hin, dass die Person, die ihn ausstellt, denkt, dass sie in ihrem Gespräch einen klugen Schritt gemacht oder eine brillante Aussage gemacht hat. Um ins Detail zu gehen, zeigt diese Person im Gesicht, dass sie etwas mit dem Mund isst, aber tatsächlich ist sie es nicht. Er macht nur die Handlung, etwas zu essen.

Ich kann viele Vorfälle in meinem Leben aufzählen, bei denen dieses nonverbale Stichwort ausgestellt wurde.

Instanz 1

Unsere Familie ist gerade von einem fernen Ort in die Stadt gezogen. Da dies sehr frühe Tage in der Stadt waren, gab es viele Dinge, die wir im Dunkeln über die Lebensweise hier oder wie die Menschen lebten, waren. Ein Verkäufer erreichte unser gemietetes Haus und begann mit uns zu sprechen, damit er die Produkte verkaufen konnte, die er trug. Wir als Familie konnten keine Wege finden, sein Verkaufsgespräch höflich abzulehnen.

Daher wandten wir uns an meinen jüngeren Bruder, da er seit seiner Jugend ziemlich klug war und viel für seine staatlichen und nationalen Sportmeisterschaften gereist war.

Nach der Beantwortung und dem Umgang mit dem Verkäufer zeigte mein Bruder diesen nonverbalen Hinweis, als würde er etwas mit dem Mund kauen/essen, aber es gab nichts zu kauen/essen. Unnötig zu sagen, dass er es für einen klugen Schachzug hielt und es gut machte.

Instanz 2

In einem anderen Fall ging ich abends spazieren - wie meine tägliche Routine in diesen Tagen - und ich ging in einen Gemüseladen, um etwas Gemüse zu kaufen, weil meine Mutter mich darum gebeten hatte. Als ich den Laden betrat, hatte eine Person gerade seine Rechnung für das Gemüse bezahlt, das er an der Theke gekauft hatte, und der Verkäufer zeigte dieses nonverbale Stichwort.

Er dachte, er sei klug im Umgang mit diesem früheren Kunden und als nächstes war ich an der Reihe.

Irreführendes Stichwort

Eine Sache, die zu beachten ist, ist, dass es einige ziemlich ältere Menschen gibt, die solche Handlungen zeigen, als ob dieser Hinweis gegeben wird. Dies geschieht durch sie wegen Zahnverlust. Aber sie zeigen diesen Hinweis eigentlich nicht, da sie dazu neigen, und es ist natürlich wegen ihrer fortgeschrittenen Jahre. Und dieser Teil ihres Verhaltens ist zu übersehen, da er nicht dazu passt, schlau zu sein.

Fazit

Meiner Meinung nach schien es, dass ich ihm in der zweiten Instanz, die gerade geteilt wurde, keine dumme Frage stellen sollte, wie sein Tag war oder wie das Leben ist. Das liegt daran, dass ich eine Erwiderung zurückbekommen hätte, als wären Tage immer in Ordnung oder "was kann mit dem Leben passieren?"

Menschen, die gerade diesen nonverbalen Hinweis gezeigt haben, denken, dass sie schlau sind und so ziemlich unhöfliche Antworten geben oder eine Haltung zeigen, die den Fragenden oder denjenigen, der sich mit ihnen unterhält, ignoriert. Es ist besser, für eine Weile zu vermeiden, mit ihnen zu sprechen oder Fragen zu stellen, bis sie zu ihrem eigenen alten Selbst zurückkehren.

Es ist auch zu beachten, dass sie denken, dass sie schlau sind, aber es muss nicht wahr sein. Es gibt viele andere Instanzen zu teilen. Aber ich denke, das ist genug, um zu lernen.

Gefühllosigkeit-ausstellender Cue

Eine Person, die diesen Hinweis ausstellt, handelt oder spricht gefühllos. Der nonverbale Hinweis, auf den man bei dieser Emotion achten sollte, ist, wenn die Person bei einem Videoanruf über das Smartphone ihre Zähne zeigt, als würde sie überprüfen, wie ihre Zähne aussehen, oder nach etwas suchen, das in ihren Zähnen steckt. Es mag auch so aussehen, als würde das Subjekt beim Videoanruf seine Pickel überprüfen oder kneifen oder ein paar Gesichter machen. All dies hängt von der Person ab.

Seit ein paar Jahren habe ich mich immer gefragt, was dieses nonverbale Stichwort bedeutete, da ich auch sehen würde, wie ich diese Art von Aktion ausführe, wenn ich mit jemandem am Telefon spreche. Ich erhielt Inspiration dazu, gerade als ich dieses Buch schrieb, wie in der ersten Instanz, die in Bezug auf meinen Bruder folgt.

Es folgt eine kurze Beschreibung.

Instanz

Wir als Familie haben eine Instant-Messaging-Plattform-Gruppe und mein Bruder - der im Ausland lebt - ruft oft in der Gruppe an und wir reden viel. Während eines solchen Videoanrufs sprachen mein Bruder und wir Geschwister alle mit harmlosem Hänseleien miteinander.

Eine dieser Hänseleien ging furchtbar schief. Er ist für solche Dinge bekannt und das Ergebnis könnte sein, dass ich ein paar Stunden nach dieser Episode nicht mit ihm im Gespräch bin.

Der Fall war, dass er meine Schwester mit ein paar verletzenden Kommentaren zu ihrem Leben ärgerte. Offensichtlich hat sie es nicht gut aufgenommen und uns alle von der Gruppe abgehalten. Sie war hauptsächlich sichtlich verärgert über ihn.

Später, als er darüber sprach, zeigte er diesen nonverbalen Hinweis. Er tut dies oft, indem er Gesichter macht oder seine Zähne zeigt oder in der Telefonkamera nach Pickeln in seinem Gesicht sucht.

Fazit

Dieser nonverbale Hinweis bedeutet nicht, dass die Person eine völlig gefühllose Person ist. Er mag mild sein. Nehmen wir das Beispiel meines Bruders, obwohl er manchmal gefühllos ist, ist der Fall mild, da er nicht in Kämpfe oder Bosheit gerät. Wir alle zu Hause sind als solche sanftmütig. Aber nichtsdestotrotz ein großartiger nonverbaler Hinweis, den man in einer Person beobachten kann.

Angst ausstellender Hinweis

Dies ist ein Stichwort, bei dem die betroffene Person ihre Beine genauso schüttelt wie das wutauslösende Stichwort. Aber dieses Schütteln der Beine horizontal oder seitlich ist nicht sehr animiert und eher ruhig. Dies kann also nicht mit dem wutauslösenden Stichwort verwechselt werden.

Eine weitere interessante Tatsache an diesem Stichwort ist, dass es an offensichtlichen Orten beobachtet werden kann und es keine Belohnung dafür gibt, das zu erraten. Wenn ein solches Gefühl wie Angst in den Sinn kommt, sind die Orte, die auftauchen, die Passagierterminals des öffentlichen Nahverkehrs, die Wartehalle außerhalb der Ärzteklinik, die Prüfungshallen der Studenten und vieles mehr. Im Klartext können Warten und Ängste vor der Zukunft Ängste aufkommen lassen und damit auch dieses Stichwort.

Wenn man einen Beifahrer oder den Patienten auf der Intensivstation beobachtet, gibt es reichlich Hinweise auf diesen nonverbalen Hinweis.

Fazit

Die Personen, die diesen Hinweis ausstellen, sind ziemlich angespannt und die Schwere dieser Spannung hängt davon ab, in welchem Szenario oder in welcher Situation sich die Person befindet. Wenn Sie mit ihnen sprechen, werden keine Ergebnisse erzielt, und Fragen, die ihnen gestellt werden, bringen keine richtigen Antworten. Außerdem werden sie nicht in einer fröhlichen Stimmung sein und Witze mit ihnen zu machen ist keine gute Idee. Es passt am besten, sie schweigend warten zu lassen.

Das Endergebnis ist, dass es sich auszahlt, klug zu sein, und wer weise ist, kann ebenso kalkuliert handeln.

Epilog

Obwohl zu diesem Thema viele Bücher mit nonverbalen Hinweisen geschrieben wurden, die den komplexen Geist von uns Menschen offenbaren, ist jedes davon völlig anders. Sie beschäftigen sich mit verschiedenen Arten von nonverbalen Hinweisen und sind einander nicht ähnlich. Aber offenbaren Sie die gleiche große Komplexität des menschlichen Geistes in der schriftlichen Arbeit, die sie verbreiten.

Abgesehen von diesen nonverbalen Hinweisen gibt es auch viele andere in Menschen. Ein weiteres körpersprachliches Merkmal, über das ich abschließend sprechen möchte, ist das Fummeln während eines Gesprächs.

Mein zukünftiger Arbeitgeber wich der Frage aus, mir ein Angebotsschreiben für die Anforderung einer Stelle zu geben, da es keine konkrete Entwicklung in dem Auftrag gab, der ihm von seinem Kunden erteilt wurde. Aus diesem Grund und aus einer Vielzahl anderer Gründe, wie der Retainer, der ihm nicht freigegeben wurde, da die Dinge in dieser Zeit der globalen Verlangsamung und der Nachrechnung des Pandemieausbruchs auf der ganzen Welt und so langsam sind, blieben diese Dinge bestehen.

Also fragte ich ihn nach dieser Aussicht, mir das Angebotsschreiben und den Eintrittstermin an das neu gegründete Unternehmen zu übergeben. Als ich mit ihm über das Telefon sprach, konnte ich mich nicht auf die nonverbalen Hinweise verlassen, da er sich an einem sehr entfernten Ort befand und jede Kommunikation über einen Sprachanruf über das Internet erfolgen konnte.

Als ich ihm die Frage stellte, fummelte er an seinen Worten herum und gab mir ein allgemeines, nicht so offensichtliches Datum. Außerdem enthüllte er mir einige Entwicklungen in Bezug auf den zu vergebenden Auftrag, die laufenden Gespräche in der Geschäftsführung und dergleichen.

Unnötig zu sagen, dass er sich über mein Eintrittsdatum in seiner Firma nicht sicher war. Aber er wollte mich in der Firma haben. Daher enthüllte er die Entwicklungen in Bezug auf dasselbe. Das Fummeln enthüllte, was in seinem Kopf vorging, und ich war sicher, eine Beschäftigung bei ihm zu finden.

Es gibt viele nonverbale Hinweise, die nicht in diesem Buch aufgeführt sind. Aber man kann aus den hier aufgelisteten viele Lehren ziehen und sie bieten einen tollen Einblick in die Gedanken der Menschen, denen er im Alltag begegnet.

Wie Bertrand Russell sagte: „Die Welt ist voller schöner Dinge, die darauf warten, von unserem Intellekt entfaltet zu werden", und wir müssen nur weiter suchen, lernen, beobachten und in Bücher schauen.

Über den Autor

Jude D'Souza

Jude ist ein professioneller Content Writer mit über 9 Jahren Erfahrung in verschiedenen Schreibformen. Er hat Blog-Artikel, Social-Media-Posts und mehr für seine Arbeitgeber geschrieben, darunter auch freiberufliche Auftritte. Seine Klienten haben seinen Schreibstil als poetisch, ansprechend, intellektuell und interessant beschrieben.

Die Psychologie war ein natürlicher Teil seines Lebens - eine angeborene Eigenschaft. Er hat dies im täglichen Umgang mit Menschen angewendet und es hat ihm immens geholfen. Obwohl es von Menschen mit komplexen Köpfen verwendet wird, kann das Attribut durch einige Unterstützung übernommen werden.

Es war seine aufrichtige Anstrengung, die Weisheit zu verbreiten und mit den Lesern zu teilen. Ihnen muss sicherlich ein gewisses Preis-Leistungs-Verhältnis geboten werden.

Seinen Appetit auf das Lesen sättigt er mit Büchern, die Neugierde wecken, meist Biografien großer Persönlichkeiten, die tiefer in ihr Leben eintauchen.

Er lebt mit seiner unmittelbaren Familie und seinem Hund Rover in Bengaluru.

www.ingramcontent.com/pod-product-compliance
Lightning Source LLC
LaVergne TN
LVHW041639070526
838199LV00052B/3457